날씨가 되기 전까지 안개는 자유로웠고

정영효 시집

문학동네시인선 196 정영효

날씨가 되기 전까지 안개는 자유로웠고

시인의 말

이제는 작별의 시간이다.

2023년 6월
정영효

차례

시인의 말   005

1부 거기가 어디냐고 물어보면 나타난다

일층   010
기숙사   011
확장   012
블록   014
추방   016
있다   018
외국인   020
회유   022
행사   024
자료실   026
아직은 모른다   027
전시회   028
조합원   029
면책   030
속임수   032
단체들   033
언덕을 넘는 사람들   034

2부 이름이 저무는 쪽에

고양이가 울 뿐인데   038
어린이 공원   039
난관   040
분명한 밤   042
자율성   044
명분   046
내구력   047
도달할 미래   048
손바닥 소설   050
지키기 위해   051
여럿의 문제   052
증명하는 공   054
개발   056
연속물   057
투어   058
오지 않는 날   060
최소한으로   062

3부 조금 더 먼 곳에서 우리는 모이고 있었다

차단막   064

플랫폼   066

어떠한 방식으로든   067

아무도 없다   068

능원길   069

구역   070

건물주   071

거래   072

지분   073

손님   074

강당   075

모면   076

난로   077

영향력   078

잠행   080

종착지   081

해설|망설임의 윤리   083
　　　|고봉준(문학평론가)

1부
거기가 어디냐고 물어보면 나타난다

일층

거기가 어디냐고 물어보면 나타난다 어디까지 가야 하는지 알지 못해도 약속이 있고 설명이 있어서

주변을 둘러보는 동안 주변을 기웃거리는 사람들과 함께 나타난다 미처 끝내지 못한 걱정 때문에 놓쳐버린 결론처럼

멀어질 수 있지만 계속해서 나타난다 어디냐고 물어봤자 생각은 갈 데가 없으니까

여기가 맞는지 의심할수록 확신을 지우는 약속과 설명을 붙잡고 만나기 직전까지 풍경을 채우며 모든 목적은 입구에서 멈춘다

거기는 다른 곳임을 알았는데 나타난다 어디로든 이어지기 위해 드러났고 정확하게 믿을 때 가까워진다

찾으려고 하면 언제든 앞에 있다

기숙사

학생이 들어가서 학생답지 않게 지낸다 사원이 들어가서 사원답지 않게 지낸다 길을 잃고 들어간 고양이만 고양이답게 복도를 걸어다닐 뿐

골목보다 가까이 있고 고향보다 더 가까이 있어도 어떻게 여기까지 왔는지 스스로 질문해볼 때 가장 멀리 있는 자신에게 안부를 전할 때

학생은 학생답지 않고 사원은 사원답지 않은 고민과 마주하게 된다 하던 일을 들고 나가 밀린 일을 가져오는 곳, 그러나 길 잃은 고양이를 데려와 키울 수 없는 곳

어디가 지금인지 확인하기 위해 다른 쪽을 따라가다보면 결국 도착할 수밖에 없는 쪽에 방이 있고 복도가 있고 여전히 출구를 찾지 못한 고양이가 있어서

학생은 다시 학생답게 들어오고 사원은 다시 사원답게 들어와 가장 근처에 놓인 자신을 발견한다 언젠가 벗어나게 되더라도

몇 번은 얼굴을 돌려 이곳을 떠올릴 것이다 밀린 일을 가져와 하던 일을 쌓을 것이다 학생은 사원이 된 채로 사원은 계속 사원인 채로 기억 속에서 떠돌고 있는 고양이와 함께

확장

구멍은 걷고 있었다
아이들이 거기에 손을 넣기도 하고

새가 집을 만들기도 하고 왜 하필 구멍이냐며 궁금해하
는 이도 생겼지만

구멍은 구멍으로 충분히 보여준 것
구멍은 알 수 없는 이유를 갖기도 하는 것

묻는 걸 몰랐을 때 벌어지는 입처럼 한쪽이 다른 쪽을 착
각하면 캄캄해지는 것임을 구멍은 말하고 싶었으나

모든 구멍의 표정은 똑같고 그런 표정을 느낄 수 없어서
구멍은 걷기만 했다

좁은 골목이 내용이 될 때까지
내용이 곧 사라져버리는 기억이 될 때까지

남김없이 통과하는 바람을 맞으며 남기지 않는 자가 되
는 걸 경험하면서

이대로 향하면 멀리 떨어진 곳
어쩌면 해안 어쩌면 사막

조용한 일들은 어디로 흘러가나

앞을 보내고, 앞으로 앞으로 구멍은 걷기만 했다
가지지 못한 양심과 나타나지 않는 고통

들여다보면 대화가 필요 없는 정원이 펼쳐질 것처럼
공중을 매달고 바닥을 키우면서

무너지는 법을 잊을수록 온갖 마음이 버틸 앞으로
구멍은 걸어가고 있었다

블록

나는 맞추고 나는 쌓는다 이것은 벽이 될 수 있고

이것은 집이 될 수 있다 연결하는 일은 순서지만 다가오
는 건 결정이므로

모서리에 모여 바닥으로 흩어지는 중심을 바라볼수록 지
키게 되는 조형이다

이것은 계획할 수 있으며 이것은 무너질 수 있다 정해진
완성을 향해 나는 맞추고 나는 쌓으면서

나타나지 않았는데 만들어진 부분을 찾는다 손이 따라가
는 것, 손이 놓치는 것 때문에 생각은 태어나고

누군가 들어와 내부를 깨우는 공간처럼 시간이 움직일 때
모양은 자란다 없는 이웃에게 말을 걸면서

나는 맞추고 나는 쌓는다 쉽게 안정이 시작될수록 필요한
게 많아지고 보이는 사실을 믿기 힘들 거라며

빨리 걱정을 떠올린다 혼자서 해결한 평화가 차가워지는
동안 이것은 벽이 되고

이것은 집이 될 테지만 이미 죽은 물건이다 오래 만지면 ⎯
언젠가 지쳐버리고 마는

추방

문제가 생기면
한 사람을 쫓아낸 뒤 끝내는 이야기를 만들고 있었다

누구를 주인공으로 할까 자연스러운 이유로
누군가 떠날 수 있을까 쉽게 책임을 묻기 위해

한 사람을 쫓아낼 때까지 모두 성실히 일하게 했다 모두
걱정 없이 살도록 했다

빛을 모르고 어둠을 따르듯 오랫동안 이어지는 이야기 속
의 평화

죄를 짓거나 싸움을 일으켜도 한 사람을 쫓아내면 이야기
는 끝날 수 있으므로 자신은 착실하다고 확신하는 이들만
늘어나기 시작했다

이쯤에서

나는 한 사람을 선택해 잘못을 찾아야 하는데
아무 문제가 없는 게 내 의도는 아닌데
모두 성실히 일해왔고 걱정을 잊고 있어서

적당한 방법을 고민했지만 한 사람을 고르지 못한 나는 이

야기에서 쫓겨났다 빨리 책임을 넘기기 위해

　그들은 끝나지 않은 이야기 속에 아직 살고 있다

　돌아갈 수 없는 나는 선의를 찾는 중이다

있다

부재가 자신을 찾아본다 여기는 분명히 내가 있을 만한데 언젠가 목격했던 것도 같은데

정확한 자리와 정해진 시간을 만지며 원래부터 이어왔다 는 듯

입구만 남은 공원이나 표정이 떠난 인사 뒤로
부재가 자신의 모습을 확인한다 간신히 완성한 가정처럼

무럭무럭 뼈가 자란다면 그러다 문득 발견된다면 무엇을 세울 수 있을까

회전에서 궤적이 벗어난다
얼음에서 결속이 사라진다

아무것도 돕지 않을 때 뚜렷하고 아무 일도 일어나지 않 을 때 고요하고

알기 전부터 증명이 됐으므로 알고 나서 시작되는 부재가 침착하게 세계를 바라본다

지금까지는 태어난 이야기
그다음은 모르는 이야기

아직 만들지 못한 자신의 모습을 부재는 떠올린다 오랫동
안 정체를 구한다

  이것은 목적이겠지
  모든 준비가 이루어놓은 최초의 계획
  또는 최후의 상황같이

  정리될 확률을 마주하며 부재는 나타나기 위해 실감을 고
민한다

외국인

그는 아니었는데 그가 될 수도 있다 그는 몰랐는데 남이 알아볼 수 있다 처음인 곳에서 두리번거리다 길을 물어보는 순간

이미 그는 외국인이다 어디로 가는 사람이지만 어딘가에서 온 사람

발음이 당신을 증명합니다 외모가 당신을 보여줍니다, 라고 설명하지 않아도

누군가 가르쳐주는 길을 겨우 알아들을 때 그는 조금씩 달라진다
여기가 빠를까 저쪽은 맞는 방향일까

계속 두리번거리는 얼굴에는 의견이 많아서 계속 밀려오는 선택을 모르는 척하다가

외국인은 무엇이든 정확하게 찾아야 하므로 발음을 먼저 꺼내보고 자신과 외모를 합쳐보며 그는 목적지로 향한다 시작한 곳에서 멀어질수록

대부분의 그는 없는데 일부의 그가 드러난다 그는 확신하지 않았는데 미리 그가 정해져 있다 오늘 왔다고 말하면

언제 돌아갈 거냐고 묻는 사람을 만나게 될 것이다

회유

그는 자신의 개를 기다리는 중이다

소리 없이 찾아오는 늑대 때문에 목장을 지키려고 풀어놓
았던 개 하지만 늑대를 따라가버린 개

그가 잘 안다고 믿었던 개이자 어쩌면 제대로 몰랐던 개

그 개는 이미 개가 아니라 개를 닮은 늑대일 수 있고 늑대
가 되고 싶은 개일 수도 있어서

이제는 돌아오지 않는 개가 되어 그와 마주한다

몰랐다는 것은 속았다는 것일까
속았다는 것은 지금부터 안다는 뜻일까

혼자 목장을 지키는 동안 진짜 늑대와 가짜 개를 떠올리
며 그는 묻는다 사실을 만난 착각같이

먼 곳에서 개처럼 우는 늑대 소리가 들리면
늑대처럼 우는 개 소리가 들리면

그가 기다리는 개는 늑대일 수 있는 개 그러나 더이상 늑
대를 닮지 않아야 하는 개 늑대에게 쫓겨났으므로 목줄을

매도 복종하는

　그 개는 스스로 생각하는 개가 되어 목장을 떠나지 않고
있다 진짜가 만든 의심이 굳어질 때까지

행사

우리는 행사에 왔다
많은 사람들이 모이는 곳
많은 사람들이 오지 않는 곳에서
언제든 열릴 수 있는

행사에는 갈등이 없고 결론은 정하기 쉽고
가만히 지켜보는 게 역할이 되므로
우리는 행사에 왔다

이후에 무슨 일이 벌어질지 몰라도
이전까지 이루어진 일 때문에
처음과 마지막이 나눠지고
모든 준비는 목적으로 향하고

계획된 대로 지금을 벗어나지 않으면서
우리는 웃어야 할 자리를 축하하거나
위로할 자리에서 상대를 찾는다
달아나는 고민과 빼버려야 하는 불안

다음을 기약하며 행사는 끝나겠지만
예상만큼 기대가 필요하면 여전히 이어지겠지만
약속이 있는 곳
약속 없이 서성이다 우연히 도착한 곳에서

언제든 열릴 수 있으므로

우리는 다시 행사에 간다
잊어버리기 전에 오는 것인지
기억하기 위해 오는 것인지 알 수가 없는

사람들에 섞여 친구를 마주치면
여기서 만나는구나
우리는 반갑게 인사를 건넬 것이다

자료실

제목이 감추는 것을 기다린다 내용이 가리키는 것을 기억
한다 어둑한 통로를 따라가다보면 찾기 쉬운 책장이 있고
찾을 수 없는 순서가 있다 하나를 생각하면 가까워지는 하
나, 하나씩 나누면 친절해지는 숫자들이 있다

문제는 모였는데 문제가 주는 답을 더해
확인해야 나가는 것이다 확신해야 나서는 것이다

제목에서 하고 싶은 이야기가 있고 내용에 대해 하지 못하
는 이야기가 있다 혼자 떠도는 동안 흔적이 되는 해석이 있
다 문으로 들어서면 문밖의 질문으로 가득차버리는 곳에는

아직은 모른다

　울타리를 넘기 전까지 염소는 온순했다 의심하기 전까지 거짓은 단순했다 무서워지기 전까지 표정은 희박했으며 선택하기 전까지 분명히 기회가 있었다 말하지 못해서, 말보다 자신이 더 확실해서 드러나기 전까지 증거는 숨어 있었다 날씨가 되기 전까지 안개는 자유로웠고 외국인으로 불리기 전까지 그는 어느 도시의 시민이었다 일어나지 않았더라면 이유가 부족했을 것이다 끝나지 않았더라면 짐작을 멈췄을 것이다 반복할수록 스스로 갇혀버린 생각에는 만족하기 전까지 계획이 없었다 포기하기 전까지 불안은 많았다 시작하는 순간부터 나는 여기서 살아왔고 돌아보는 모습을 붙잡으며 여전히 설명을 미루고 있다

전시회

보고 싶은 것들이 보이는 것들을 정리했다 모르는 사람은
모여 있는 이들을 따라갔다 아직 찾는 게 나타나지 않았지
만 알지 못했을 것이다 어떤 물건이 묻는 곳과 어떤 목적이
움직이는 방법을

알고 난 뒤에 찾게 되는 마음이 있었다 알기 위해 미루는
결정이 있었다 실내는 언제 끝날지 몰랐으며 마주치는 곳마
다 빛으로 가득해서 눈앞은 차츰 어두워지는 중이었다

보이는 것들이 보고 싶은 것들을 감췄다 알고 온 사람은
안내를 벗어났다 마지막까지 향하면 도착하리라 믿는 동안
차가운 모습으로 다시 돌아갈 상상을 하고 있었다 어떤 욕
심이 묻는 곳과 어떤 해결이 움직이는 방법 속에서

내가 찾는 것은 여전히 나타나지 않았다

조합원

오지 않는 사람은 오지 않는 것이다 그가 오지 않은 이유를 알지 못한 채

이미 도착한 사람들은 일을 하기 시작한다 창문을 달고 기둥을 심고 벽돌을 나르는 일, 각자가 과정을 빼앗기지 않고 끝까지 지켜내는 일

건물이 눈앞에 완성될 때까지 오지 않는 이는 계속 오지 않을 것 같고 아무리 기다려도 오지 않는 사람의 역할이 있어서

그 사실을 알 때쯤 그가 올 가능성은 지워지는 것이다 적당히 모두를 침묵하게 만드는 일, 없는 그로 인해 조금씩 진행되고 있는 일

높고 단단한 건물을 위해, 지금부터 정해질 순서를 위해 더이상 그는 필요하지 않으므로

창문을 달고 기둥을 심고 벽돌을 나르며 오지 않는 그를 떠올린다 갑작스러운 상황을 확신하면서

모두가 정리하는 법을 모르고 있다
빨리 끝낼 수 있는 일을 결국 잊어버리지 못한 채로

면책

죄수는 양을 쫓아서 감옥을 탈출했지

몰래 쓰던 일기에서 반복하던 자책에서
자신만 만날 수 있었던 양
부르지 않았는데 매일 밤 찾아오던 양

죄수는 그런 양을 믿었으므로 확신이 사라질까봐 양의 안내에 따라 초원을 건넌다 그 길이 목적인 것처럼 양이 마지막 방향인 것처럼

감옥에서 멀어지려면 얼마나 가야 할까
남은 벌을 잊기 위해서는 얼마나 살아야 할까

양이 걸어가는 쪽으로 밤은 건너오고 의자도 집도 보이지 않는 초원은 계속 펼쳐지고

대답 없는 양이 멈출 때까지 대답을 찾는 자신 때문에 죄수는 감옥을 다시 떠올리지 않는다

여기를 지나면 새로운 삶이 나타날 거야 그곳에서 나는……

양과 더욱 친밀해지면서 모든 게 양이 만든 일이라는 걸

증명하면서 그는 죄를 숨긴 양이 되어간다 길을 얻은 사람
이 되어간다

　필요하면 누구에게나 다가가는 줄 모르고
　한 마리 안에 다른 양심을 집어넣을 수 있는 양과 함께

속임수

아무리 뒤져봐도 거짓말에는 농담이 없었다
악수하는 자세와 약속하는 태도를 연습하다가
보이지 않는 세계를 원하게 되었다
악몽은 매일 계획을 가진 채
어제 두었던 말들을 맞추기 시작했다
예외를 용납할 때 손쉬운 상대가 나타나는 것처럼
먼 곳에서 싸움이 일어났는데
가까운 곳부터 의심은 퍼졌다
다음이 그다음을 밀어내면 찾아오는 반복
쉽게 돌아보지 말 것을 약속하는 동안
진실이 모자란 곳부터 문제는 떠올랐다
자신과 다른 이름을 얻으러 간 사람은 돌아오지 않았지만
누구도 기대를 버리지 못했다
간병인의 손길처럼 거절을 모르며
모든 일은 의지와 어울렸다
개에게 신념이 있어도
나는 그것을 사람의 마음과 구분했다
약점을 묻었다고 기뻐하는 순간조차
안심하기 위한 방법이 필요했다

단체들

자리가 많기 때문에 모이고 의지가 남기 때문에 모인다
자리가 없으면

자리를 찾기 위해 모인다 혼자가 싫어서 혼자 했던 생각
을 나누기 위해 모이고 떨어져 지내다가

모이는 게 어떤 의미인지 궁금해서 모인다 모든 걸 다 말
할 수 있고 모든 걸 다 숨길 수 있지만 결국엔

모이고 나서 결정한다 모일수록 하나가 만들어지고 조금
적게 모여도 하나를 만드는 곳에서

서로의 얼굴과 손을 내놓는다 오른쪽과 예상을 맡긴다 뺏
기지 않고 지켜야 하는

자리가 많기 때문에 모은다 거리가 남기 때문에 더 모은
다 내 자리가 어디인지 모르면

혼자여도 좋으니
그냥 한번 와보라고 했던 사람을 따라가면 된다

─ 언덕을 넘는 사람들

─ 확실함을 믿지 않는 곳에서는 가장 현명한 해결책을 질문
이라고 부른다
어딘가에 숨어서 이유를 구성하고 있다는

지금은 질문이 필요해
너는 질문을 만나는 게 좋겠다

그곳에서는 자신의 생활을 잃은 이들이 질문을 찾아 언
덕을 넘는다

질문은 예상을 빼면 모르는 시작이거나
마지막을 떠올리고 마주하게 되는 자리
많은 걸 인정할수록 채워지는 내용

아직 완성되지 않은 결론 속에 자신을 보태고 나면
질문은 분명한 사실로 자라난다

가장 먼저 나타나므로
다른 의심은 확인할 수 없는 언덕을 뒤로한 채

그곳에서는 질문을 찾지 못하고 돌아온 일을 생각이라고
부른다
실패가 계속 목적을 만들었기 때문에

─

여전히 질문을 원하며
생각에 대해 말하고 싶은

그곳에는 다시 언덕으로 떠나는 이들이 많다

2부

이름이 저무는 쪽에

고양이가 울 뿐인데

창밖에서 고양이가 우는 동안 끝날 것 같지 않은 노래를 듣고 있었다 단지 고양이가 울 뿐인데

우리는 버려진 무덤을 떠올리고 무덤 너머 앙상한 숲을 떠올리고 끝날 것 같지 않은 노래의 처음을 기억하는 중이었다

어디선가 잠들지 못한 아이들이 성장하려는 무릎을 주무르는 밤, 가까이서 고양이가 울고

먼 곳에서 웃고 있을 불안을 우리는 복기했다 함께 모인 이유와 흩어지지 못한 소리가 지금을 버티게 하는 시간을 놓지 않았다

자신의 내성을 참을수록 골목의 어둠과 함께 사라지는 무수한 걸음들, 집이 창문을 건네는 구석에서

고양이는 울고 우리는 깊이를 놓치고 노래가 멈출 때까지 움츠린 마음을 위무했다 길을 찾고 길을 잃은 방향이

우리들 사이로 모여들었다 여럿이 등진 밤이 짙어지면 고양이가 바라보는 쪽으로 검은 얼굴들이 기울고 있었다

어린이 공원

나무와 의자를 함께 두어서 공원이 되었다
공원에 놀이터를 두어서 어린이 공원이 되었다
많은 걸 합쳐서 만든 어린이 공원
그러나 어린이가 많지 않은 공원
누구를 위한 공원이냐고 질문해봐도
흔들리는 그네만 보이는 곳에서
일 없는 노인이 일을 찾는다
친구 없는 시인이 혼자 술을 마신다
처음 만난 그들이 어울리고 나면
어린이들이 다 사라져버리는 공원
많은 걸 합쳐서 만들었으니까
아직 무엇이 남았는지 살펴보다가
그네를 타며 동심을 꺼낸 누군가 지쳐버릴 수 있는 곳
노인에게 일을 줘도 노인이 되고
시인에게 친구를 붙여줘도 시인이 될 테지만
어린이를 보내면 술 취한 시인을 만날 수 있는 곳
나무와 의자의 문제는 아니다
놀이터만 더해진 것이 문제
어느 동네에서나
어린이 같은 시인이 산다는 게 더 큰 문제다
놀이터를 없애더라도 이제는 계속 어린이 공원
절대로 가면 안 된다고 어린이들끼리 말하는 이곳은
공공시설이다

난관

난간에 매달려 우리는 오랫동안 버티기를 한다
한 사람이 떨어질 때까지
한 사람은 선언이 되어
아래쪽이 결국 당겨질 때까지
죽기 싫고 죽을 마음도 없지만
난간에 매달릴 수 있는 용기 때문에
우리는 오랫동안 말하지 않고
옆이 사라지길 바라면서 썩은 침을 삼킨다
누가 먼저 시작했는지 잊어버릴수록
포기를 참아야 하는 시간
애들아 또 어디 간 거니
어서 밥 먹어라
그런 목소리가 그리운데
그런 목소리가 들리면 멈출 수 있을 것 같은데
난간은 우리를 더 밀어내고
책임은 도망가기 어렵고
한 사람이 흐릿해질 때까지
한 사람이 각오가 될 때까지
뜨거워진 공기와 우리는 여전히 싸우고 있다
순서를 정하기는 이미 늦었구나
거꾸로 향할 기분을 계속 망설이면
손을 놓을 용기가 부족해질 테니까
우리는 할 수 없이 난간에 매달려

오랫동안 마지막을 떠올리고
내려놓기 힘든 자리를 지키기만 한다

분명한 밤

밤이 되면 우리는 아는 곳에서만 놀았다

아는 식당에서 밥을 먹었고
아는 맛을 느낄 때 알고 있다는 것이 다행스러웠다

사람들에 섞여 무한히 이어지는 불빛 속을
아는 사이라서 우리는 충분히 걸었다
그러다 모르는 것들에 대해 이야기하면
부분적으로 의견이 없었고
전부에 관심을 가지지 않았고
서로의 이름을 빼면 지어줄 결론이 많다는 게 기뻤다

아직 풀지 못한 하루를 고민하는 동안
대답이 필요한 계획들은 다가왔다
과거를 떠올리면서 내일을 위한 반복을 기다렸다
우리가 천천히 따르던 골목의 눈빛

친구들은 모두 어디로 갔나
두려움이 의심에 닿아 있었다
잃어버릴 것들이 쌓일수록 믿음을 찾기 시작했다
여전히 가보지 못하는 곳을 떠올려보며

밤마다 우리는 아는 만큼 길어졌다

확신이 주머니처럼 가득해서
익숙한 곳이 늘어났는데 돌아갈 곳은 없었다

자율성

집에서 지내는 걱정이 나가지 않고
집에서 지내는 내 표정도 나가지 않을 때
나는 작업하러 간다
일이 많아서 가고 일이 없어서 간다

나는 자신을 이해할 줄 아는 자발적인 사람
길을 나서면 풀어야 할 고민이 떠오르고
책상을 찾아가면 무서운 의지가 생기고

생각이란 것을 하기 위해 머물면서
생각이 나지 않을 때까지 그곳을 지킨다

어제의 불안은 오늘의 상황
오늘의 불안이 또 닥치기 전에
무엇을 더 할 수 있을까
왜 나는 여기에 왔을까

그것들은 중요한 질문이지만
스스로 깨달아야 하고
환자가 아니며 손님도 아닌데
혼자서 오랫동안 답을 기다린다
답을 넘지 못한다

무너질 구름은 날씨의 뜻대로
일어날 새들은 계절의 뜻대로
나는 간섭을 싫어하는 자유로운 사람

작업하는 마음이 넘치고
작업하는 내 얼굴이 굳어질 때
나는 집으로 돌아간다
일이 막혀서 가고 일을 남기려고 간다

아직 나는 내 결정을 방심하지 못한다

명분

그사이에 무언가 일어났다
어제 열린 문과 오늘은 잠긴 문
구석에 둔 가방 속에 잃어버린 물건
약속했으니 다시 시작한 계획
그사이에 무언가 일어났지만 굳어지길 거부하고
기억은 빠르게 모여서 다짐으로부터 멀어진다
언뜻 그대로인 것 같은 이 거리에도
어떤 것이 사라졌고 어떤 것은 더해졌다
그사이에 무언가 일어났으므로
익숙한 모습으로 변하는 중이다
그러나 나는 무너진 기대에 대해서 알고 있다
지나간 속박에 대해서도 알고 있다
모두 알았다고 확신하는 순간
다급한 판단은 다가온다
이름을 부르며 사람을 찾는 것처럼
이름은 잊은 채 얼굴을 떠올리는 것처럼
전부를 모르는데도 필요한 생각들은 쌓여간다
그사이에 무슨 일이 있었냐며 누군가 안부를 묻는다면
나는 대답을 망설일 수 있지만
언제든 끝을 열어두면 나머지는 시작된다

내구력

다짐은 말을 기다리는데 이미 겨울이다
아랑곳없이 눈은 내리고
근처에 숨은 우연을 눈치챌 가능성은 희박해지고
계단을 오르는 발들은 언제나 자연스럽다
얼굴을 보여주지 않으며
지켜보라는 의지가 가리키는 곳으로
다시 돌아올 기대들이 떠난다
숫자를 믿음에 보태며 지내는 날들
달력과 시계로 누군가를 점치기 어려운데도
옆집에 사는 사람은 하루를 셈하면서
아침마다 노래를 부른다
낡은 집을 빠져나가는 주인이 될 수 있다는 듯
무엇이든 보내라는 소리가 나를 이끈다
잎이 쌓여가는 곳은 음지로 변하고
불안은 혼자 다가와도 어색함이 없고
갑자기 자리할 미래를 생각해보면
걱정은 소문을 망설이는데
문을 조금 열어두자
매일 다른 표정을 바라는 저녁이 다가온다

도달할 미래

쫓아오는 것이 없는데 우리는 미리 숨는다
길고 긴 밤 속으로
빛이 들지 않는 음악 속으로

우리는 더 깊은 실내를 만들고
더 깊이 잠을 청하고

깨어날수록 선명해지는 꿈을 기원한다
적이 없는데 미리 상대를 정하며
용서가 없는데 먼저 두려움을 채운다

계단을 세워 제단을 덧대서
죽음과 죽음 이후의 기분을 꺼내고
가장 먼 곳에 차려질 식탁을 준비한다

이름을 부르는 쪽에
이름이 저무는 쪽에

긴 문장을 새긴 채 대답을 비워둔다
벗어나려고 찾은 입구와
굳어지기 싫어하는 발목

여기는 거기가 아니라는 소리로

반복해서 찾아오는 기억에게 인사하며
받을 것이 없는데 사라진 표정을 기다린다

손바닥 소설

이 좁은 바닥에서 날씨는 변한다 하루가 지나간다 이 좁은 바닥 위로 개가 서성이지만 누가 주인인지 모르고, 이 좁은 바닥 어느 곳에서도 숨길 게 없는 사람은 나타나지 않는다 이미 퍼져 있으며 오래 두어도 그대로일 것 같은, 이 좁은 바닥 때문에 외면은 익숙함이 필요하고 변명은 증거를 피해 떠돌고 있다 끝까지 알게 되면 갇혀버릴 이유들이 모여 우연을 이룬다 이 좁은 바닥 안에 새로운 목적지는 태어나고 이 좁은 바닥이 만든 문제는 결론을 끊임없이 끌고 간다 갖출 건 다 갖추고도 사라지지 않는다 이 좁은 바닥에도 도망갈 곳은 많은데 돌아오면 다시 여기뿐, 이 좁은 바닥에서 일어난 일을 다르게 완성할 수 있지만 모두가 쉽게 벗어나지 못한다 겨우 손바닥만한 이곳을

지키기 위해

고개를 들면 확인해야 하는 이름이 보였다 듣고 나면 비
난을 감춰야 하는 이유가 늘어났다 끊임없이 풀어야 할 문
제는 쌓였으며 이건 정확한 거냐고 이건 누구의 잘못이냐고
묻는 이들과 그는 마주하고 있었다

다 쓴 종이를 남겨두고 다 쓰지 못한 얼굴을 꺼내보면서

긴 줄에서 나오는 앞을 견디는 중이었다 어떤 실수는 단
순했고 어떤 방법은 복잡했다 책상이 지키는 일과 줄이 가
리키는 방향을 믿지 않으면서 닫힌 문이 보태는 무서운 내
부를 벗어나기 위해 그는 밖으로 나갔지만

짙은 안개 속에 잠긴 거리, 이건 다급하고 이건 있을 수 없
는 일이라며 화가 난 사람들이 그를 쫓아오고 있었다 모든
게 불과 아침에 일어난 상황이었고

흐린 게 걷히자 계속해서 몰려오는 이들이 보였다

여럿의 문제

두 사람이 그를 나쁘게 말했고
한 사람이 그에게 무관심했으므로 나는 그에 대해 많은
것을 알게 되었다

두 사람이 편하게 앉은 벤치와 한 사람이 불평하는 소음
을 느끼며 우리는 공원에 만족했고

오늘 때문에 다음을 잘 이해할 거라며 각자의 습관으로 모
두 침착해지고 있었다

하나의 문제는 여럿이었다 사라진 줄 알았는데 다시 돌
아오는 질문처럼 그늘을 숨긴 채 같은 곳으로 펼쳐지는 저
녁에 섞여

두 사람 이상이 원인이 되어 한 사람 이상을 설명했다 매
번 준비한 안부가 혼자 떠돌면 안 되니까

우리는 한데 모여 달랐던 눈빛들을 정리하며 반대할 게 없
는 집으로 돌아갔다

반대할 게 없는 목소리를 입에 담고 약속을 이어가기로 했
다 떨어져 걷던 누군가 자신의 표정을 찾는 동안

한 사람씩 나눠 가진 침묵으로 그를 기다렸다 어두워진 골
목에 몸을 입지 못한 이름들이 기웃거리기 시작했다

증명하는 공

공은 떠나고 있다 공은 도착하고 있다

할일 없는 우리가 할일을 찾기 위해 던져본 것뿐인데 어느새 입장을 생각하게 되고 어느새 너와 나는 친절해지고

방향이 자리를 밀어내 자신을 찾도록 높이가 자신에게 잡히지 않으며 상승하도록 공은 계속 다가오고 공에서 가까운 곳을 기다리면

대낮은 지나간다 바람이 펼쳐진다 보이지 않게 움직이는 상태가 평화라는 듯이

기대는 또다른 기대 때문에 깊어진다 함께 만든 구경은 편안해진다 누가 쥐기 전에 부족해지는 표정, 놓치는 걸 아쉬워하는 손은 언제까지 이어질지 모르니까

할일이 많아져 공을 던진다 공을 받는다 물어도 얻지 못할 양보처럼

둘 사이는 규칙이 되고 반복이 스스로 갇혀버릴 때 처음과 끝을 참는 반대편으로 사라지는 걱정, 살아나는 저녁

쉽게 자라는 영혼을 떠올리며 공을 맞이한다 공을 마주한

다 너무 멀리 던지면 포기해버릴

운동장은 담장 안에 굳어 있다

개발

—

　근처는 다른 곳을 찾아 떠난다 골목은 이유를 몰라 다른
골목으로 향하고

　사람이 언제 왔는지 기억할 수 없지만 사람이 남긴 말은
다시 근처에서 머물고 있다

　중요한 말은 언제나 듣던 것이고 말은 자신보다 더한 일
을 떠올리며 오해받기도 하지만

　주인 없는 건물이 그 사실을 계속 맡아보는 중이다 주인
없는 실내가 미처 나가지 못한 채 바깥을 기다린다

　오랫동안 파묻힌 채 깊이를 창문과 나눈다 사람이 나타
날 때 밝아지는

　근처는 어디에나 만들어질 수 있지만 알지 못하면 숨겨진
다 이곳은 한때 소리로 채워졌던 곳이라고 전해주는 것처럼

　골목이 의심 없이 자리하며 책임을 남긴다 원하지 않았는
데 건물은 계속 죽어 있다

연속물

처음이 남는다 애초부터 끝나지 않았으니까
계속해서 시작하는 사람이 만들어진다

그게 언제였더라

오래된 기억을 부르면 잊어야 할 대답들만 늘어나서

앞으로 풀지 못할 문제가 남는다 최선을 다한 직전이 남
고 직전을 버리지 못한 내용이 굳어진다

대화를 건너는 대화가 있고 싸움을 더하는 싸움이 있고 이
미 정해진 것처럼 위기를 마주할수록

결과를 기다리는 역할이 늘어난다 지금을 확신하기 위해
서로의 의심이 자라며 더이상 뭐가 있냐는 물음이 보태진다

돌아보면 전부 비슷한 것들이다

투어

버스에서 내리고 나서

줄을 맞출 필요는 없지만 줄을 벗어나면 안 된다 앞을 바
라봐야 하지만 앞을 넘어서면 안 된다

들러야 할 곳과 들르기 쉬운 곳으로 잠깐 흩어져도
다시 시작되는 앞 때문에 줄은 빠르게 움직이므로

전부 모였는지 물어볼 때마다

손을 들 필요는 없지만 대답을 놓쳐서는 안 된다 몇 명이
답했는지 몰라도 몇 명이 안 왔는지 알아야 한다

아무리 멀리 가봤자 근처에 있을 테니까 울분을 누른 채
나머지를 기다리다가

다른 줄이 어디로 가는지 궁금해도 혼자 따라가면 안 된다
다른 것을 보고 싶어도 따로 봐서는 안 된다

늦게 온 이들과 합쳐지는 동안 참았던 누군가 불만을 터
뜨리면

무슨 문제입니까

줄을 정리하던 사람이 달려오고 놀란 표정으로
버스 기사까지 달려올 수 있는데

일정에는 분명히 없던 일이므로
함께 말려도 되고 함께 싸워도 된다

오지 않는 날

내가 만들고 싶은 휴일 속에는 풍요로 장식된 시간이 있고 한 시절을 경험한 사람이 경험하지 못한 일들을 채우는 사건이 있다

갓 태어난 대화가 아직 죽지 못한 대화를 만난 뒤 감춰진 세계를 돌려주며

내가 만들고 싶은 휴일 속에서 끝없이 뻗어가는 질문을 남겨둔다 모두가 빗나간 시기를 예언하면서 안도할 때

어두운 방에 둘러앉아 물러나지 않으려 다친 손으로 타인을 잊고 양식을 먹을 때

나는 풍성해지는 미래를 약속하고 풀기 쉬운 계획을 쌓아 내가 만든 휴일 속에 찬성을 보탤 것이다

필요한 만큼 문장을 나눠주고 움츠린 어깨들을 두드리며

오랫동안 지켜온 쪽을 그러나 다르게 차지할 자리를 드러내기 위해 원래의 뜻보다 희미해질 단어를 쓰면서

내가 만들고 싶은 휴일 속으로 퍼져나갈 기후를 가꿀 것이다

결국 오지 않을 날이므로 올 것이라고 상상할 수 없는 날
속으로

최소한으로

우리는 오랫동안 반응했다 싸움을 두려워했고 결론을 조심했고 뒤바뀌길 바라면서 함부로 예상하고 있었다 우리는 성장하는 우연을 기다렸으며 정해진 밤과 익숙한 음악 쪽으로 분명히 따라가고 있었다 변명을 숨긴 채 다른 말을 찾기 위해 고민했고 아무에게나 친절하게 손을 내밀며 필요한 만큼만 확실해지기로 했다 우리는 오랫동안 서로를 이해하면서 의심을 지킬 수 있었다 언제든 예외가 되지 않기를 바라면서 최소한으로 고민하면서

3부

조금 더 먼 곳에서 우리는 모이고 있었다

차단막

바닥에 네모가 떨어져 있었다
여기로 함부로 들어오지 말라는 듯이

그것은 영역이라고 누군가 말했지만 바닥은 원래 모두의
것이므로 우리는 주인을 가릴 수 없었다

그것은 거대한 자국이기도 했지만 한 번에 움직이는 큰 형
체를 떠올리기 어려웠고

어떤 신호일까

하지만 그건 너무 단순한 짐작 같았다 어디서 왔는지 모
르는 네모를 치우지 못하고

방이나 식탁 따위의 모양을 부풀려봤으나 네모에 다가가
기 힘들었다

건드리면 내부가 단단해질 것처럼
사방으로 향한 채 사방을 막아선 것처럼

고민이 쉽게 흔들리는 곳에서 지켜보기만 했다 달라진 상
황을 마주하며 얻을 수 있는 일들을 떠올려보는 동안

여기를 함부로 만들지 말라는 듯이
네모는 계속 굳어지는 중이었다

바닥을 회복할 때까지
관계를 모으면서 답을 찾을 때까지

뜻을 모를수록 뜻이 깊어지는
상상이 우리를 금지하고 있었다

플랫폼

먼저 도착하는 것이 주어였다가 결과로 변한다 먼저 도착한 가정이 확신을 잃어버리듯, 먼저 도착하지 못해서 변명은 사람 곁에 남고 먼저 도착한 짐작이 그걸 적당한 단어로 만들고 있다 결론으로 굳어지기 이른데도 먼저 도착하기 위해 완성되지 않은 선택이 준비중이다 여기서부터 시작인지, 여기서부터 끝이 시작되는지 알지 못한 채 미래를 모아 하나의 줄거리로 만들어볼 수 있지만, 먼저 도착한 의심 때문에 질문이 주어였다가 이유로 변한다 먼저 도착하지 못한 사람이 벌써 사라진 사람을 기다리고 있다

어떠한 방식으로든

갑작스러운 예상은 제자리를 찾고 있다
변명은 함정을 모른 채 완성되고
목적을 만나고 나서야 배후는 자신을 발견한다
돌아보지 말아야 할 곳에 방심은 숨어 있으며
내부를 참던 물건이 바깥의 문제로 무너질 때
경계를 알아버린 바닥은 장소가 되지 못한다
직전의 생각을 감추기 위해 표정은 버티는 중이다
개명한 자는 두 개의 꿈을 꾸는 동안
하나의 이름조차 떠오르지 않아 기뻐하지만
모든 걸 분명하게 기억한다는 사실 때문에
다시금 괴로워할 수 있다
싸움이 두려워 상대를 정하기 어려운데도
외면은 자주 반대로 구성된다
익숙한 얼굴은 인사의 방향이 되지 못하고
오해가 달아날 수 있는 곳은 가까이 있으므로
대화를 찾을수록 사건이 모여든다
확실한 것을 피하고 싶어 단수를 복수로 만든다
서랍이 많아진 책상에는 의심이 사라진다

아무도 없다

심판은 사라지기로 했다 심판할 사람이 아무도 없는 곳에서 심판을 포기하기로 했다

심판은 확신했다 이것은 지금까지 없던 상황 마지막을 앞둔 기회 자신이 내린 결정 때문에 심판은 이해를 얻고 싶었지만 심판을 판단해줄 사람은 아무도 없었다

앞으로 어떤 일을 마주할까 이런 미래도 심판이 될 수 있을까 결론을 보태 중간을 찾아내는 게 심판의 몫이라고 그는 오랫동안 생각했지만 이런 이야기를 들어줄 사람은 아무도 없었다

그런데도 심판은 포기했다 혼자 선택하겠다는 약속을 지키기로 했다 자신을 위로해줄 사람은 아무도 없었지만 심판은 떠나기로 결정했다 많은 의심 속에서 심판의 일은 끝나고 있었다

계속 시도한다면 멈추기 힘든 다짐이 아무도 없는 자리를 지키기 시작했다

능원길

누구의 무덤인지 모르고

우리는 주변을 돌고 있었다 죽고 나서 갖게 될 서로의 방
향을 떠올려보면서

무덤으로 유명한 이 도시에 대해 우리는 익숙한 게 없었으
므로 누구의 계획인지 잊은 채 우리는 출구를 찾고 있었다

따라간다는 건 끝을 확인하는 일이니까
안내판을 지나 안내판이 없는 쪽을 지나

아무리 벗어나도 다른 무덤들이 나타나는 길에서 오랫동
안 이유를 놓쳐버린 것처럼

누군가의 결정을 기다리는 동안 우리는 다 자란 얼굴을 내
밀며 유명한 도시를 배우고 있었다 지나쳤다면 그곳을 언덕
쯤으로 착각했을 테지만

알려진 대로 무덤이었고 알 수 없는 주인만 기억에 남아
서 돌아가야 할 시간이 다가올수록

살아가며 갖게 될 서로의 방향을 떠올리며 우리는 목적지
를 구하고 있었다

구역

—

곳곳에 자리한다 모아놓으려고 해도
다시 곳곳으로 나눠지기도 한다 들어본 적은 없지만

여기에서만 유명한 사람을 만나고 여기에서 통하는 문장
때문에 주변을 돌면서

상대를 벗어나지 못하는 인사를 듣는다 한 줄보다 느슨한
이유를 마주한 채

여기에서는 비교하지 말아야 할 다른 소식이 만들어지며
처음이라서 아무것도 모르고 들른 손님이 예상 이외의 것
들에 대해 말한다

여기에서만 퍼지는 이야기들은 곳곳을 생각하기 위해

내부의 문제들로 쌓인다 기대한 일과 기대하지 않은 일
때문에

달라지는 예상을 마주한다 벗어나면 그만인 경계 때문에
커져가는 의심을 붙잡고 다른 쪽을 찾다보면

인근에 또 비슷한 곳에 도착하게 된다

—

건물주

갑자기 건물 안을 뒤지기도 하고 건물 밖을 서성이기도 한
다 건물과 상관없는 곳에 있으면

건물 때문에 달려오기도 한다 주인은 많은 걸 알아야 자
신에게 익숙해지므로 남의 건물을 살피면서

같은 점을 찾기도 하고 다른 점을 얻기도 한다 건물은 왜
빨리 늘어나는지 건물은 왜 쉽게 모이는지

주변을 둘러보는 동안 골목의 내용을 걱정하다가 건물이
되지 못한 장소를 만나고

주인이 되지 못한 사람을 만난다 이유처럼 열려 있는 입구
를 만나며 누군가 또 떠날 거라는 소문을 만난다

걱정이 건물까지 따라오면 말을 떼어내기도 하고 말을 막
아버리기도 한다

주인은 많은 걸 몰라야 자신에게 편안해지므로 떼어내고
막은 말들을 모아서

건물 안에 숨기기도 하고 건물 밖에 버리기도 한다

거래

무엇이든 구해준다는 상점을 찾아갔다 정말 무엇이든 구할 수 있는지 나는 알고 싶었지만

주인은 없고 진열된 물건도 없고 서로를 응시하는 벽만 사방을 감싸고 있었다

나는 변하지 않는 얼굴을 원했고 상대를 짐작할 수 있는 의지를 원했으며 과거가 빠진 다짐을 원했지만

주인은 없고 내가 주인처럼 남은 채 상점을 차지하게 되었다 무엇이든 구할 수 있다고 믿었던 곳인데

진실이라곤 나를 둘러싼 고민과 기대가 사라진 물음뿐이었다 정적이 사라지길 기다리는 동안

주인의 대답이 나를 구해주길 바라고 있었다 시작을 열지 못한 예고처럼 상점 안에는 혼자 해결해야 할 시간만 다가왔다

나는 아무것도 얻지 못한 모습을 연습하면서 이대로 돌아간다면 내가 만들어야 할 이야기를 떠올려보고 있었다

지분

　한 사람이 사라져버리자 그의 이름이 드러났다 그가 살던
집이 드러났고 문득 목격자가 등장하면서 그의 마지막 모습
이 남겨졌다 그가 계속 나타나지 않는 동안 그의 습관이 발
견되었으며 기억이 하나둘 모여 미처 알지 못했던 사건을
만들었다 그가 어디로 갔는지 몰랐으므로 그의 과거는 명확
해졌다 혼자 남겨졌던 그의 역할도 명확해져서 더욱 오랫동
안 사라지기 위해 그는 과거에서 나오지 않았다 그가 어떤
잘못을 저지른 것인지, 그는 사라진 게 아니라 단지 이곳에
나타나지 않는 것뿐인지, 계속되는 의심 속에 빠르게 짐작
이 자라났다 그가 사라진 방향이 그가 비운 반대가 되는 동
안 그의 마지막 모습이 우리를 찾고 있었다 그가 나타나지
않을수록 모두가 그를 알게 되었다

손님

손님은 안으로 오는 사람이다 알고 있던 얼굴을 떠올리며 알고 싶은 자신의 얼굴을 찾을 때 손님은 안으로 오는 사람이다 문을 열면 아늑한 복도가 기다릴 것이고 문이 열리기 전까지 단단해진 빛이 모여 있을 것이다 조금 길어진 여름을 거쳐 변하지 않은 골목을 지나면 손님은 안으로 오는 사람이 되어 가까운 곳부터 등장하는 중이다 어디로 향하라는 표시가 없는데도 언제나 마지막으로 생각하는 쪽, 몇 장의 달력이 빠르게 사라졌고 여러 번 그를 부르던 목소리는 기대가 되었으므로 손님은 도착할 때까지 안에서 일어난 일을 떠올리는 사람이다 저녁을 함께 시작한다면 저녁부터 길을 열어둔다면 손님은 자신의 정체를 채우는 사람이다

강당

모두 왔다고 확인하는 동안 한 명이 안 들어와도 모른다
빠르게 채워지는 결론처럼

한 명이 더 들어와도 모른다 한 명 때문에 무엇이 바뀌는
지 궁금해서 아무도 없을 때

누군가 들어가야 드러나고 이어진 자리에 앉으면 정해진
조망을 알게 된다 다목적으로 이용되므로

한 명 때문에 기억할 수 있고 한 명이 사라졌기 때문에 나
갈 수 있는 가능성에 둘러싸여

왜 여기에 있어야 하는지 고민할수록 주목, 하라는 소리
를 듣는다

비슷하게 변하는 표정과 떠나지 않는 의문, 마지막을 기
다리는 얼굴들에 갇혀 전부 똑같은 입장이라고 생각하면

어디에 있는지 알기 쉬워도 어떻게 벗어나야 하는지 모
를 때가 생긴다

모면

빠르게 이해하고 싶은 의견이다
사방을 놓치고 온 반대편이다
어려운 근처를 마주칠 때 꺼내야 하는 예상이다
오랫동안 자신을 의심하지 않는다면
갖고 싶은 기록이 나타나거나
펼치기 쉬운 대답이 기다릴 수 있지만
계획을 놓쳐버리는 순간
뒤를 감춘 채 목적은 다가온다
찬성을 기대하고 내놓은 방향이었는데
모든 걸 던져야 하는 출구
예상 대신 밀려오는 반목
계속 다가오는 자리에서 벗어나기 위해
최선을 다해 예외를 찾아보는 동안
믿음은 기회를 알려주지 않는다
과정에 익숙해진 시작처럼
더하기 힘든 나머지이다
방심을 지켜야 안심할 수 있는 결정이다
확신하면 할수록 찾아야 할 증거로 돌아온다

난로

움직이면서 갇혀 있다 길을 쥔 채 길의 바깥을 외우는 동
안 끝을 생각할수록 펼쳐지는 밤의 회전을 기억하며 계속
길이 이어지는 이유를 의심하고 있다 이렇게 단순한 갈래는
누구의 것일까 지금은 어느 쪽을 바라봐야 하는가 어둠 속
에서는 모든 게 가깝고 모든 게 멀어지고 어디에서나 흩어
질 수 있는데 멈춘 곳에는 잡을 방향이 부족해서 의심이 침
묵을 지날 때까지 길의 영향으로 길만 찾는다 주변의 영향
으로 바깥을 찾는다 한쪽만 알고 있는 다른 쪽처럼 보이는
게 바뀌고 보지 못한 게 사라지고 존재해도 나타나지 않을
곳을 찾아 움직이면서 계속 갇혀 있다 길을 쥔 채 길의 모습
을 따르기 위해 무거운 자리를 이해하면서 믿음으로부터 믿
지 않는 방향으로부터 실패한 이유를 모르며 실패할 때까지

영향력

많은 걸 모았으므로 나는 창고를 지었다 집은 비좁고 바깥은 의심스러웠기 때문에

가진 걸 편안하게 바라볼 수 있도록 가질 수 없는 걸 확인할 수 있도록

창고를 채우는 동안 나는 만족에 대해 중얼거렸고 과거에 냉담해지기로 했다

예상을 버티면 결심은 쉬울 수 있다
이유를 만드는 것이 이기는 방법이다

모은 게 늘지 않아도 창고만 그대로면 된다고 나는 확신하고 있었지만

무엇을 기다려온 건지 모든 걸 창고에 가둘 수는 없었다

하나의 사실을 알아가기 시작한 것처럼 그저 안심할 시간이 필요했을 뿐이었지만 이제는 넓은 창고가 완성되었고

바깥은 여전히 의심스러워서 다른 일을 멈춘 채 나는 그곳을 계속 지키고만 있었다

외면하면 길어질 침묵이 창고에 자리하기 시작했다 —

─ 잠행

─   언제부터 시작되었는지 모를 들판에서 나는 주위를 살피고 있었다 숨다보니 입구도 출구도 없이 낮이 통과했고 낮이 정지한 듯했고

  입구도 출구도 알 수 없는 광경에 나는 둘러싸이게 되었다 눈으로 들어찬 들판이 눈에서 뻗어나갈수록

  무엇을 생각하기 어려웠다 무엇을 찾아야 하는지도 몰랐다 짙은 풀과 조금 더 짙은 풀, 비슷한 모습들이 비슷한 일들을 감추는 평화

  내가 찾고 싶은 게 확실한 끝인지 착각을 지우는 거리인지 알기 위해 분명히 바라보고 있었지만, 낮은 길었고 낮은 여전히 밝았다

  움직이지 않는 들판, 갇힐수록 멀어지고 있는 들판을 발견하는 동안 입구도 출구도 얻지 못한 두 발에 몸이 떠 있기 시작했다 쫓아오는 자가 없었는데도

  보이지 않는 상대가 생기길 원했다 나는 나를 드러낸 채 뜨겁게 달리고 싶었다 어디로 향하는지 모르는 곳으로 숨기 힘든 빛이 몰려다녔다

─

종착지

조금 더 먼 곳에서 우리는 모이고 있었다 악담을 버티기 위해 눈과 얼음을 찾으며 뜨거운 계절에서 벗어나기 위해 준비도 실수도 없이 우리를 겨누던 총구를 피해 두려움을 버리고 회색을 상상하며 우리는 조금 더 먼 곳에서 모이고 있었다 냉소가 모자라는 일은 슬픔에 가깝다 아무것도 묻지 않는 게 가장 평화로운 광경, 아무런 답이 없는 게 가장 복잡한 문제인 것처럼 다시 쫓아올 기대 때문에 돌아오는 결말을 누르며 우리는 함께 모여 앞을 바라보았다 오래된 침착에 대해 확실한 이탈에 대해 말하지 않고, 반복되는 예상을 버티면서 우리가 찾는 곳이 어디인지 알기 위해 결국 조금 더 가까워지는 사이를 확인하기 위해 우리는 조금 더 먼 곳에 도착하고 있었다

망설임의 윤리

고봉준(문학평론가)

정영효의 첫 시집 『계속 열리는 믿음』(문학동네, 2015)에는 "주머니에 손을 깊이 넣"고 '바깥'을 배회하는 인물이 등장한다. '너'에게 "우리가 함께인 이유"에 대해 묻고 싶은 그는 '너'와 헤어지기 전에 "잠시만이라도 다른 곳을 상상"한다. 하지만 끝내 "따뜻한 주머니에서 꺼낸 서로의 손을 흔들며 또 봐"라고 외칠 수 있는 세계에 도착하지 못하고 계속 추운 바깥을 떠돈다(「주머니만으로」). 시인은 화자의 배회하는 형상을 통해 나와 우리, 즉 개인과 공동체의 '사이-공간'에서 세계를 탐색하는 자신의 모습을 드러내며 개인과 공동체 가운데 어느 한쪽에 자신을 귀속시키는 대신 '사이-공간'을 배회하는 존재로 그린다. 이때의 배회는 "어디로 가야 할지 모르"(같은 시)는 방향 상실과 출구 부재로 이어지지만, 그것은 안정된 질서보다는 불확실한 세계에 자신을 내던지려는 실존적인 사건이라고 말할 수 있다. 이러한 배회는 자신과 세계에 대한 의심을 지속하는 한에서만 가능하기 때문이다.

정영효의 시에서 '의심'은 시적 태도이자 사유의 출발점이다. 그의 시는 독단주의의 교만보다 회의주의자의 겸손에 가까운데, 이것은 시를 자신의 신념이나 주장을 표현하는 수단으로 간주하는 태도와는 확연하게 변별된다. 그에게 시는 신념의 언어가 아니라 의심과 회의의 언어에 가까운 것이다. 이러한 태도가 그로 하여금 익숙한 것을 그대로 수락하지 않고 그것에 대해 사유하게 만드는 것일 터이다. 정영효의 시에서 '태도'가 그 자체로 시적인 것이라는 말은 사유와 언어가 안정된 의미로 귀결되지 않고 끊임없이 지연된다는 것, 그리하여 불투명하고 불안정한 방식으로 발화된다는 것과 같은 의미이다. 이처럼 그의 시에서는 진술의 내용이 아니라 진술의 방식이, 특정한 대상이 아니라 세계와 대면하는 시인의 자세가 그 자체로 중요한 실마리가 된다.

바닥에 네모가 떨어져 있었다
여기로 함부로 들어오지 말라는 듯이

그것은 영역이라고 누군가 말했지만 바닥은 원래 모두의 것이므로 우리는 주인을 가릴 수 없었다

그것은 거대한 자국이기도 했지만 한 번에 움직이는 큰 형체를 떠올리기 어려웠고

어떤 신호일까

하지만 그건 너무 단순한 짐작 같았다 어디서 왔는지 모르는 네모를 치우지 못하고

방이나 식탁 따위의 모양을 부풀려봤으나 네모에 다가가기 힘들었다

건드리면 내부가 단단해질 것처럼
사방으로 향한 채 사방을 막아선 것처럼

고민이 쉽게 흔들리는 곳에서 지켜보기만 했다 달라진
상황을 마주하며 얻을 수 있는 일들을 떠올려보는 동안

여기를 함부로 만들지 말라는 듯이
네모는 계속 굳어지는 중이었다

바닥을 회복할 때까지
관계를 모으면서 답을 찾을 때까지

뜻을 모를수록 뜻이 깊어지는
상상이 우리를 금지하고 있었다

—「차단막」 전문

　정영효의 시는 경험적 세계가 아니라 가상의 상황을 배경
으로 하는 경우가 많다. 이는 그의 시가 일상적 삶을 재현하
기 위해서가 아니라 특정한 문제를 도드라지게 만들기 위해
고안되었음을 의미한다. 가령 위의 시는 "바닥에 네모가 떨
어져 있었다"라는 진술로 시작되는데, 이때의 '네모'는 재
현적인 층위에서 이해할 필요가 없다. 요컨대 네모가 구체

적으로 어떤 사물의 형상인지는 중요하지 않다. 여기에서 중요한 것은 시인에게 있어 그 네모가 "여기로 함부로 들어오지 말라는 듯"한 금지의 기호로 경험된다는 사실이다. 시인은 바닥에 떨어진 네모를 일단 금지의 기호로 읽는다. 그런데 바닥에 떨어져 있는 네모가 금지의 기호가 되기 위해서는 배타적인 소유권, 즉 '주인'이 존재해야 한다. 하지만 "바닥은 원래 모두의 것"이므로 주인이 존재할 수 없다. 이러한 사유의 회로에 따르면 네모는 금지의 기호가 될 수 없다. 이에 시인은 그것이 어떤 '신호'일지도 모른다고 생각하지만 곧이어 그러한 생각이 "단순한 짐작"에 불과하다는 사실을 인정하지 않을 수 없다. 네모에 대한 판단, 즉 금지와 신호라는 자신의 해석에 한계가 있음을 깨달은 시인이 다음으로 취하는 행동은 "방이나 식탁 따위의 모양을 부풀려"보는 것, 즉 그것의 형태를 구체적인 사물로 변형해보는 것이다. 하지만 "네모에 다가가기 힘들었다"라는 고백에서 알 수 있듯 그러한 변형은 사물을 이해하는 데 아무런 도움이 되지 못한다. 그리하여 결국 시인은 "고민이 쉽게 흔들리는 곳에서 지켜보기만"하기로 결심한다. 지켜본다는 것, 아니 지켜보기만 한다는 것은 대상-사물을 주관적으로 전유하지 않는다는 것을 뜻한다. 그리고 "바닥을 회복할 때까지/ 관계를 모으면서 답을 찾을 때까지" 타자성을 상실하지 않는 네모와의 관계는 '우리'라는 복수형의 성립을 불가능하게 만든다.

우리는 행사에 왔다
많은 사람들이 모이는 곳
많은 사람들이 오지 않는 곳에서
언제든 열릴 수 있는

행사에는 갈등이 없고 결론은 정하기 쉽고
가만히 지켜보는 게 역할이 되므로
우리는 행사에 왔다

이후에 무슨 일이 벌어질지 몰라도
이전까지 이루어진 일 때문에
처음과 마지막이 나눠지고
모든 준비는 목적으로 향하고

계획된 대로 지금을 벗어나지 않으면서
우리는 웃어야 할 자리를 축하하거나
위로할 자리에서 상대를 찾는다
달아나는 고민과 빼버려야 하는 불안

다음을 기약하며 행사는 끝나겠지만
예상만큼 기대가 필요하면 여전히 이어지겠지만
약속이 있는 곳

약속 없이 서성이다 우연히 도착한 곳에서
언제든 열릴 수 있으므로

우리는 다시 행사에 간다
잊어버리기 전에 오는 것인지
기억하기 위해 오는 것인지 알 수가 없는

사람들에 섞여 친구를 마주치면
여기서 만나는구나
우리는 반갑게 인사를 건넬 것이다
—「행사」 전문

그럼에도 정영효의 많은 시편들은 "밤이 되면 우리는 아
는 곳에서만 놀았다"(「분명한 밤」), "쫓아오는 것이 없는데
우리는 미리 숨는다"(「도달할 미래」), "우리는 할 수 없이
난간에 매달려"(「난관」), "조금 더 먼 곳에서 우리는 모이
고 있었다"(「종착지」)라는 문장에서 알 수 있는 것처럼 '우
리'라는 일인칭 대명사의 목소리를 통해 진술된다. 흥미로
운 사실은 대부분의 경우에서 '우리'가 위기(위험)에 처한
개인들의 연합(연대)의 성격을 띤다는 점이다. 「종착지」에
서 '우리'는 "악담을 버티기 위해" "뜨거운 계절에서 벗어
나기 위해" "우리를 겨누던 총구를 피해"서 "함께 모여 앞
을 바라보"고 있다. 「도달할 미래」에서 '우리'는 "쫓아오는

것이 없는데"도 "길고 긴 밤"과 "빛이 들지 않는 음악" 속으로 "미리 숨는다". 또한 「난관」에서 '우리'는 함께 "난간에 매달"린 상태에서 "옆이 사라지길 바라"고 있으며, 「능원길」에서 '우리'는 무덤으로 유명한 도시를 떠돌면서 "출구를 찾고 있"다.

앞에서 정영효의 첫 시집이 나와 우리, 개인과 공동체의 '사이-공간'을 떠도는 시인의 모습을 투영하고 있다고 말했다. 그렇다면 이번 시집에서의 '우리'가 첫 시집에서의 '공동체'에 해당한다고 이해해도 좋을까? 그럴지도 모르겠다. 그러니까 이번 시집에 등장하는 '우리'는 "여태 우리가 모으지 못했던, 하나라는 것은 모두 평화로울까"(「해결책」, 『계속 열리는 믿음』)라는 진술에 등장하는 '우리'와 크게 다르지 않다는 것을 인정할 수 있다. 다만 나와 우리, 개인과 공동체 사이의 간극을 지적하는 일보다 무엇이 '우리'로 하여금 쫓아오는 것이 없는데도 불구하고 미리 숨게 만들었는지, 혹은 왜 '우리'는 지금-이곳이 아니라 "조금 더 먼 곳"에서 모여야 했는가를 이해하는 일이 선행되어야 할 것이다.

다시 처음으로 되돌아가자. 시인은 주머니에 손을 넣은 채 바깥을 배회하는 인물을 시 속에 등장시켰고, 그 인물은 끊임없이 "우리가 함께인 이유"에 대해 묻고 싶어했다. 또 다른 시 「고양이가 울 뿐인데」의 화자 또한 "함께 모인 이유"에 대한 생각의 끈을 놓지 않는다. 이것은 우리 또는 공동체의 폭력성을 지적하는 일, 아니 '나쁜 공동체 vs. 좋은

개인'이라는 상투적인 도식을 승인하는 일과는 전혀 다른
문제이다. 중요한 것은 시인이 '우리'라는 이름을 거부하지
않으면서도 '우리'가 은폐하고 있는 균열을 예리하게 감지
한다는 사실이다. 그러므로 우리는 개인과 공동체 그 어느
곳에서도 "내가 만들고 싶은 휴일"을 발견하지 못하는 한 개
인의 낮은 목소리와 마주하게 된다. 그에게 그 휴일은 "결국
오지 않을 날"(「오지 않는 날」)이기에 시인은 정확히 '사이-
공간'에 머무를 수밖에 없는 것이다.

　이러한 맥락에서 「행사」는 시인이 '우리'라는 이름에서
경험한 공허감을 표현한 작품이라고 할 수 있는데, 이를 또
다른 수록작 「단체들」과 겹쳐 읽을 수 있다. '행사'는 한 공
간에 "많은 사람들이 모이는" 사건이다. 그것은 '우리'라는
집단적 기호를 형성한다는 점에서 "자리를 찾기 위해 모인
다 혼자가 싫어서 혼자 했던 생각을 나누기 위해 모이고 떨
어져 지내다가// 모이는 게 어떤 의미인지 궁금해서 모인
다"(「단체들」)라는 진술과 연결된다. 다만 '행사'가 일시적
인 일이라면 '단체'는 어느 정도의 지속성을 갖는다는 점에
서, 또한 '행사'가 "웃어야 할 자리를 축하하거나/ 위로할 자
리에서 상대를 찾는" 일상적 사건에 가깝다면 '단체'는 "모
일수록 하나가 만들어지고 조금 적게 모여도 하나를 만드
는"(「단체들」) '의지'가 개입되는 예외적 사건이라는 점에
서 다를 뿐이다. 그렇지만 '우리'라는 집단에 포함될 때 우
리는 일시적이나마 불안이나 공포로부터 자유로워질 수 있

다. 「종착지」에서 화자가 '우리'가 왜, 무엇 때문에 만들어지는가를 설명하는 부분("악담을 버티기 위해 눈과 얼음을 찾으며 뜨거운 계절에서 벗어나기 위해 준비도 실수도 없이 우리를 겨누던 총구를 피해")이 바로 그것과 관련된다. 따라서 행사에서는 "갈등이 없고 결론은 정하기 쉽"다. 이곳에서 '개인의 역할'은 "가만히 지켜보는 게" 전부이기 때문이다. 「분명한 밤」 역시 이러한 행사의 또다른 모습을 보여준다고 할 수 있다. 여기에서 시인은 '밤'에 펼쳐지는 '우리'의 일상을 이렇게 요약하고 있다.

밤이 되면 우리는 아는 곳에서만 놀았다

아는 식당에서 밥을 먹었고
아는 맛을 느낄 때 알고 있다는 것이 다행스러웠다

사람들에 섞여 무한히 이어지는 불빛 속을
아는 사이라서 우리는 충분히 걸었다
그러다 모르는 것들에 대해 이야기하면
부분적으로 의견이 없었고
전부에 관심을 가지지 않았고
서로의 이름을 빼면 지어줄 결론이 많다는 게 기뻤다
　　　　　　　　　　　　　　　　―「분명한 밤」 부분

시 속에서 밤은 '우리'의 시공간이다. 밤이 되면 '우리'는 '아는 곳'에서 놀고, '아는 식당'에서 밥을 먹고, '아는 맛'을 느낀다. 안다는 것, 혹은 알고 있다는 것은 '우리'에게 다행스러운 일이다. 이 시에서 '안다'라는 시어의 자리에 '익숙하다'라는 단어를 넣으면 의미가 한층 분명해질 듯하다. 밤의 시공간에서 만난 '우리'는 '아는 사이'이다. 안다는 것은 익숙하다는 것이고, 그것은 '우리'가 동류(同類), 즉 강력한 공통성을 갖고 있다는 의미이기도 하다. 그런데 이처럼 친밀한 관계인 '우리'가 "모르는 것들"에 대해 이야기를 시작하면 상황이 달라진다. '우리'라는 집합체를 구성하고 있는 복수의 '나'는 이에 대해 '의견'이 없고 '관심'을 기울이지도 않는다. 이처럼 강력한 공통성은 사실 그 내부에 항존하고 있는 '차이'를 부정함으로써, 존재함에도 불구하고 부재하는 것처럼 괄호 안에 넣음으로써 유지된다. "확신이 주머니처럼 가득해서/ 익숙한 곳이 늘어났는데 돌아갈 곳은 없었다"(같은 시)라는 진술은 이러한 공통성과 거기에서 비롯된 '확신'이나 '익숙함'이 집단(공동체)에 대한 의심을 거두지 않는 시인에게 부정적인 것으로 경험된다는 사실을 보여준다.

이와 관련하여 시집에서 사실상 강박적으로 반복되는 몇몇 단어들, 예컨대 의심, 믿음, 확신, 짐작 같은 시어들에 특별히 주목해볼 필요가 있다. 정영효의 시에는 "믿음은 기회를 알려주지 않는다"(「모면」)나 "계속 길이 이어지는 이유를 의심하고 있다"(「난로」)처럼 '믿음'을 경계하고 '의심'의 가능성을 긍정하는 진술들이 자주 등장한다. 단적으로 「모면」은 '사방', 즉 다양한 가능성을 놓친 '반대편'이 "빠르게 이해하고 싶은 의견"으로 귀결됨으로써 어떻게 자신의 그릇된 생각을 정당화하는 방향으로 나아가는가를 보여준다. 사유하도록 강요하는 어떤 사태는 근본적인 마주침의 대상이지 결코 어떤 재인(recognition)의 대상이 아니라는 들뢰즈의 말[1]처럼 사유는 '확신'과 '믿음' 같은 익숙함의 재인이 아니라 그것과의 결별에서 시작되는 것이다. 그러므로 "확실한 것을 피하고 싶어 단수를 복수로 만든다"(「어떠한 방식으로든」), "확실함을 믿지 않는 곳에서는 가장 현명한 해결책을 질문이라고 부른다"(「언덕을 넘는 사람들」) 같은 진술은 시인이 익숙함의 질서에 어떻게 맞서왔는가를 보여주는 사례라고 말할 수 있다.

　　모두 왔다고 확인하는 동안 한 명이 안 들어와도 모른다
　빠르게 채워지는 결론처럼

　　한 명이 더 들어와도 모른다 한 명 때문에 무엇이 바뀌는지 궁금해서 아무도 없을 때

---

1) 질 들뢰즈, 『프루스트와 기호들』, 서동욱·이충민 옮김, 민음사, 1997, 55쪽 참조.

누군가 들어가야 드러나고 이어진 자리에 앉으면 정해
진 조망을 알게 된다 다목적으로 이용되므로

　한 명 때문에 기억할 수 있고 한 명이 사라졌기 때문에
나갈 수 있는 가능성에 둘러싸여

　왜 여기에 있어야 하는지 고민할수록 주목, 하라는 소
리를 듣는다

　비슷하게 변하는 표정과 떠나지 않는 의문, 마지막을 기
다리는 얼굴들에 갇혀 전부 똑같은 입장이라고 생각하면

　어디에 있는지 알기 쉬워도 어떻게 벗어나야 하는지 모
를 때가 생긴다
　　　　　　　　　　　　　　　　　　　—「강당」 전문

　정영효의 시에서 우리라는 익숙한 세계의 반대편에는 집
단 속에서 존재감이 휘발된 개인이 자리하고 있다. 「강당」
이 그 대표적인 예시이다. '강당'은 졸업식이나 입학식 같은
대규모 행사가 개최되는 집합적인 공간이다. 그곳은 "모두
왔다고 확인하는 동안 한 명이 안 들어와도 모"르는 공간이
고, 반대로 "한 명이 더 들어와도 모"르는 공간이다. 사람들

이 강당을 빼곡하게 채우고 있을 때에는 "한 명 때문에 무엇이 바뀌는지" 확인할 수 없다. 이처럼 강당과 집단의 결합은 개인의 존재감을 휘발시켜버린다. 그렇다면 강당에서 개인의 존재감은 언제 드러날 수 있는가? 시인은 "아무도 없을 때// 누군가 들어가야 드러"난다고 말한다. 작품의 후반부에서 화자는 수많은 인파 속에서 자신이 "왜 여기에 있어야 하는지 고민"한다. 하지만 고민을 거듭할수록 더욱 뚜렷해지는 것은 '주목'하라는 누군가의 목소리이다. 우리의 경험이 증명하듯이, 주목하라는 말은 개인의 세계에서 빠져나와 집합적 신체의 일부가 되라는 명령의 일종이다. 그 소리에 놀란 것일까? 화자는 새삼스레 자신의 주변을 둘러본다. 그 순간 화자의 시선에 포착된 것은 "비슷하게 변하는 표정과 떠나지 않는 의문", 그리고 "마지막을 기다리는 얼굴들에 갇혀 전부 똑같은 입장"을 지닌 사람들이다. 이러한 상황에서 어떻게 벗어날 수 있을까? 시인은 그 실존적 물음을 "어디에 있는지 알기 쉬워도 어떻게 벗어나야 하는지 모를 때가 생긴다"라는 단 하나의 문장으로 표현한다.

그는 아니었는데 그가 될 수도 있다 그는 몰랐는데 남이 알아볼 수 있다 처음인 곳에서 두리번거리다 길을 물어보는 순간

이미 그는 외국인이다 어디로 가는 사람이지만 어딘가

에서 온 사람

　발음이 당신을 증명합니다 외모가 당신을 보여줍니다,
라고 설명하지 않아도

　누군가 가르쳐주는 길을 겨우 알아들을 때 그는 조금
씩 달라진다
　여기가 빠를까 저쪽은 맞는 방향일까

　계속 두리번거리는 얼굴에는 의견이 많아서 계속 밀려
오는 선택을 모르는 척하다가

　외국인은 무엇이든 정확하게 찾아야 하므로 발음을 먼
저 꺼내보고 자신과 외모를 합쳐보며 그는 목적지로 향한
다 시작한 곳에서 멀어질수록

　대부분의 그는 없는데 일부의 그가 드러난다 그는 확신
하지 않았는데 미리 그가 정해져 있다 오늘 왔다고 말하면

　언제 돌아갈 거냐고 묻는 사람을 만나게 될 것이다
　　　　　　　　　　　　　　　　　　―「외국인」 전문

정영효의 시에는 이러한 개인, 즉 공동체의 바깥, 혹은 내

부에 머물고 있으나 결코 내부로 셈해지지 않는 부재의 형상이 여럿 등장한다. 가령 "손님은 안으로 오는 사람이다"(「손님」)라는 진술에서의 '손님', "외국인으로 불리기 전까지 그는 어느 도시의 시민이었다"(「아직은 모른다」)라는 진술과 앞서 인용한 「외국인」에서의 '외국인' 등이 그러하다. '외국인'은 집단의 논리에 의해 쉽게 휘발되는 개인의 표상을 대표적으로 보여준다. 시몬 보부아르의 어법을 빌리자면 외국인은 외국인으로 태어나는 것이 아니라 만들어지는 것이라고 말할 수 있다. 프랑스의 철학자 기욤 르 블랑은 "외국인이 되는 것은 바로 자신이 아니었던 것이, 자신이 전혀 아니었던 그 무엇이 되는 것이다"[2]라고 말했다. 「외국인」에서 등장하는 "그는 아니었는데 그가 될 수도 있다"라는 진술이 지시하는 바가 바로 이것이다. 현대는 자본과 인력이 세계 전체로 자유롭게 흘러다니는 거대한 이동의 시대이지만 여전히 우리의 머릿속에서 외국인은 한 국가의 지속적이고 안정적인 삶의 형식에 부적합한 존재로 인식된다. 그러므로 외국인이라는 존재는 국가의 표준에 일치하지 않는다는 이유로 비난받아 마땅하다고 선언된 실존이고, 따라서 그들은 삶이라는 말이 지닌 충만한 의미에 속하지 못한 채 궁지에 몰린 불확실한 삶을 살게 된다. 그것은 삶에서 벗어난 삶이라고 말할 수 있다. 그들은 "문제가 생기면/ 한 사람을 쫓아

---

2) 기욤 르 블랑, 『안과 밖』, 박영옥 옮김, 글항아리, 2014, 40쪽.

낸 뒤 끝내는 이야기를 만들고 있었다"(「추방」)라는 진술에
명시된 '한 사람'과 공통된 운명을 지니고 살아간다. 「외국
인」과 「추방」은 이러한 사태를 배경에 두고 읽을 때 그 의
미가 한층 분명해진다. 다만 시인이 외국인이라는 불확실한
삶을 통해 표현하려는 것이 민족국가 체제가 생산하는 불확
실한 삶에 대한 비판인지는 분명하지 않다. 어쩌면 외국인
은 그저 우리, 그러니까 집단 안에서 존재감이 휘발되는 개
인에게 부여된 또다른 기호일 뿐인지도 모른다.

　울타리를 넘기 전까지 염소는 온순했다 의심하기 전까
지 거짓은 단순했다 무서워지기 전까지 표정은 희박했으
며 선택하기 전까지 분명히 기회가 있었다 말하지 못해
서, 말보다 자신이 더 확실해서 드러나기 전까지 증거는
숨어 있었다 날씨가 되기 전까지 안개는 자유로웠고 외국
인으로 불리기 전까지 그는 어느 도시의 시민이었다 일어
나지 않았더라면 이유가 부족했을 것이다 끝나지 않았더
라면 짐작을 멈췄을 것이다 반복할수록 스스로 갇혀버린
생각에는 만족하기 전까지 계획이 없었다 포기하기 전까
지 불안은 많았다 시작하는 순간부터 나는 여기서 살아왔
고 돌아보는 모습을 붙잡으며 여전히 설명을 미루고 있다
　　　　　　　　　　　　　　　—「아직은 모른다」 전문

앞서 말했듯 정영효의 시는 개인과 공동체라는 상투적인

대립을 반복하지 않는다. 그가 공동체 안에서 존재감이 휘발되는 개인에게 주목할 때, 그것은 '좋은 개인 vs. 나쁜 공동체'라는 도식을 긍정하기 위한 것이 아니다. 오히려 '연대'의 방식으로 구성된 공동체가 맹목에 사로잡히지 않음으로써 그 내부에서 '차이'가 작동할 수 있도록 만드는 것, 즉 차이의 공동체에 대해 상상하는 것이야말로 그가 "만들고 싶은 휴일"의 모습일 것이다. 이것은 어떻게 성취될 수 있는가? 시인은 자신을 집단의 맹목적 믿음으로부터 떼어놓기 위해 끊임없이 의심의 회로를 가동한다. 이러한 태도는 우치다 타츠루가 알베르 카뮈의 『페스트』를 비평하면서 했던 주장—"자신이 존재하는 것의 정당성을 한순간이라도 의심하지 않는 인간, '자신의 외부에 있는 악과 싸우는' 화법에 의해서밖에 정의를 생각할 수 없는 인간, 그것이 페스트 환자이다"[3]—을 닮았다. 하지만 의심은 태도일 뿐, 여기서 어떻게 새로운 시적 스타일이 만들어질 수 있을까? 이러한 문제의식하에서 정영효의 시집을 읽다보면 망설임의 윤리, 즉 대상에 대해 속단하지 않으려는 태도가 눈에 들어온다. 정영효 시의 매력은 이처럼 대상을 장악하려 하지 않는 태도에서 비롯된다. 그의 시에서 화자와 세계(혹은 대상)는 매우 느슨한 방식으로 연결되어 있는데, 이러한 느슨함

---

3) 우치다 타츠루, 『망설임의 윤리학』, 박동섭 옮김, 서커스, 2020, 364쪽.

으로 인해 그의 언어는 결코 단정적인 의지, 즉 신념에 물들지 않는다.

「아직은 모른다」에서 시인은 문턱을 경계로 두 개의 사건을 병치하는 방식을 반복한다. 가령 염소가 울타리를 넘기 이전과 이후, 어떤 것을 의심하기 이전과 이후, 무서워지기 이전과 이후, 선택하기 이전과 이후…… 끝없이 두 갈래로 분기하는 이 세계에는 울타리로 표상되는 문턱이 존재한다. 말하자면 이 시는 '이전'의 세계와 '이후'의 세계를 의도적으로 병치시키고 있는 셈이다. 이러한 규칙이 외국인에게 적용될 때 "외국인으로 불리기 전까지 그는 어느 도시의 시민이었다"라는 진술이 성립된다. 이 세상에 즉자적으로 외국인인 존재는 없다. 이때 외국인 이전의 존재, 그러니까 "날씨가 되기 전까지 안개는 자유로웠고"라는 진술에 등장하는 '안개'에 대해 시인은 어떤 태도를 취하는가? 이 질문에 대해 시인은 "여전히 설명을 미루고 있다". 여기에서 설명은 종결, 즉 결론의 다른 표현이다. 어떤 사태에 직면하여 결론을 내린다는 것은 대상이 지니고 있는 잠재성을 부정하는 것, 그리하여 변화의 가능성을 봉쇄한다는 의미이다. 시가 '신념'의 언어가 될 때 발생하는 문제도 이와 연결되어 있다. 늑대를 따라가버린 개를 "그가 잘 안다고 믿었던 개이자 어쩌면 제대로 몰랐던 개"(「회유」)라고 표현할 때 시인은 대상에 대한 자신의 지식이 허위였음을 깨달으며, 자신이 블록을 맞추고 쌓아서 만든 '벽'을 "이미 죽은 물건"이라고 말할 때 시인은 완성이 가져다주는 '안정'이 란 사실 "손이 놓치는 것"(「블록」)을 셈하지 않음으로써만 성립되는 것이라는 뼈아픈 각성에 도달하는 것이다. "확실 함을 믿지 않는 곳에서는 가장 현명한 해결책을 질문이라 고 부른다"는 시인의 진술을 신뢰한다면 정영효의 시는 '질 문'의 시라고 말할 수 있을 것이다. 또한 "그곳에서는 질문 을 찾지 못하고 돌아온 일을 생각이라고 부른다"(「언덕을 넘는 사람들」)라는 시인의 말에 동의한다면 정영효의 시는 생각을 위해 '설명/결론'을 유보하는 '사유'의 시라고 평가 할 수 있을 듯하다. 그에게 있어서 시적 윤리는 대상에 대 해 속단하지 않는 것, 빠른 결론에 도달하기 위해 잠재성을 봉합하지 않는 것이다.

정영효 시집 『계속 열리는 믿음』과 산문집 『때가 되면 이란』을 냈다.

문학동네시인선 196
날씨가 되기 전까지 안개는 자유로웠고
ⓒ 정영효 2023

1판 1쇄 2023년 6월 26일
1판 2쇄 2023년 6월 30일

지은이 | 정영효
책임편집 | 오윤 편집 | 김내리
디자인 | 수류산방(樹流山房) 본문 디자인 | 유현아
저작권 | 박지영 형소진 최은진 서연주 오서영
마케팅 | 정민호 한민아 이민경 안남영 김수현 왕지경 황승현 김혜원
브랜딩 | 함유지 함근아 박민재 김희숙 고보미 정승민 배진성
제작 | 강신은 김동욱 이순호
제작처 | 영신사

펴낸곳 | (주)문학동네
펴낸이 | 김소영
출판등록 | 1993년 10월 22일 제2003-000045호
주소 | 10881 경기도 파주시 회동길 210
전자우편 | editor@munhak.com
대표전화 | 031) 955-8888 팩스 | 031) 955-8855
문의전화 | 031) 955-2696(마케팅), 031) 955-8864(편집)
문학동네카페 | http://cafe.naver.com/mhdn
인스타그램 | @munhakdongne 트위터 | @munhakdongne
북클럽문학동네 | http://bookclubmunhak.com

ISBN 978-89-546-9879-5 03810

* 이 책은 서울문화재단 '2019년 창작집 발간 지원사업'의 지원을 받아 발간되었습니다.
* 이 책의 판권은 지은이와 문학동네에 있습니다. 이 책 내용의 전부 또는 일부를 재사용
  하려면 반드시 양측의 서면 동의를 받아야 합니다.

잘못된 책은 구입하신 서점에서 교환해드립니다.
기타 교환 문의: 031) 955-2661, 3580

www.munhak.com

문학동네